CLAUDE GARAMONT

Graveur et Fondeur de lettres

du roi François I.

AF330259

Claude Garamont

CLAUDE GARAMONT

Graveur et Fondeur de lettres.

Étude historique par Jean Paillard,
imprimée avec les nouveaux
caractères gravés et fondus
par M. Ollière & Cie

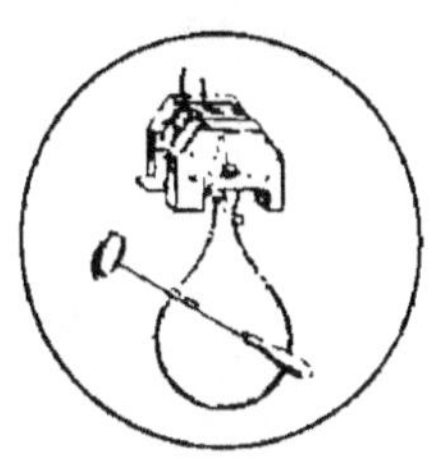

BIBLIOTHÈQUE NATIONALE · IMPRIMÉS · FONDS LE SENNE N° 1504

A PARIS

25, rue Julie, 25

M XIX XIV

 n faisant graver le caractère que nous présentons par cet ouvrage, nous nous sommes préoccupés de donner aux

imprimeurs un type français très lisible (et) très élégant. Le graveur à qui fut confié ce travail débuta dans l'atelier de Didot. Il s'était familiarisé avec les formes anciennes en gravant la série moderne des Caractères de l'Université, de l'Imprimerie Nationale. Il n'eut d'autres modèles ici que les photographies de deux ouvrages de Garamont, qui sont à la Bibliothèque Nationale. Les caprices de la fonte & les imperfections des presses typographiques de Pierre Gaultier, imprimeur de Garamont, nous ont quelquefois arrêté devant de dangereuses reconstitutions. Ce caractère n'a pas la prétention d'égaler son modèle; ce n'est qu'un élève respectueux de Garamont qui, lui, peut se comparer sans crainte avec tous ceux qui l'ont imité depuis sans avoir le courage de s'en glorifier. Nous espérons que cet effort obtiendra l'approbation de Messieurs les bibliophiles et libraires, et qu'il les encouragera à entreprendre des travaux dignes des grands imprimeurs d'autrefois.

M. Ollière & Cie

COMMENT L'IMPRIMERIE
se développa rapidement en France,
et de quelques célèbres graveurs
de lettres antérieurs à
Garamont.

Chapitre 1

SI les Français n'ont pas eu la gloire d'inventer l'imprimerie et de l'avoir pratiquée les premiers, ils ont eu celle de s'être diſtingués les premiers dans cet art & de l'avoir porté jusqu'au point de sa dernière perfection. Cet éloge est de Chevillier, bibliothécaire de la Sorbonne.

Dès l'origine, l'orfèvre Nicolas Jenson de Sommevoire en Champagne, graveur de la Monnaie de Tours, fut envoyé par le roi Charles VII à Mayence pour surprendre le secret de l'imprimerie ; plus tard il devint illustre à Venise & il contribua à établir les premiers poinçons des lettres romaines qui devaient bientôt remplacer les lettres gothiques. Il était en Italie, dans le pays des belles inscriptions monumentales.

Les libraires, les éditeurs & les imprimeurs de Paris ne tardèrent pas à produire les œuvres remarquables qui ont immortalisé leur nom. A la vérité nous savons peu de chose des graveurs de poinçons qui les aidèrent, et Geoffroy Tory apparaît incontestablement comme le premier de tous, l'honneur lui appartient des « *très beaux caractères ronds & parfaits* » dont parle La Caille et qu'employa Badius pour relever en France « *l'art de l'Imprimerie qui commençait à décliner et à tomber dans le gothique* ». Geoffroy Tory, de Bourges, régent de l'Université, humaniste, dessinateur & graveur, n'était pas imprimeur, mais il en a tout le mérite car il dirigea tous les détails de l'impression de son Champ-Fleury, où il a réuni avec la collaboration de Jean Perréal, peintre du roi, tant de belles lettres ornées et de décorations typographiques.

Voici le titre suggestif de son précieux livre.

« *Champ-Fleury, auquel eſt con-tenu l'art et) science de la deue et vraye proportion des lettres attiques et vulgairement Lettres Romaines, proportionnées selon le corps & le viſage humain* ». On ne peut lui faire de plus grand éloge que d'en citer ces lignes : « *Il vous convient noter que les Lettres sont si nobles et divines qu'elles ne veullent aucune-ment eſtre contrefaictes, mutilées ni changées de leur propre Figure...... qui mutile une Lettre de quelque Fa-çon qu'elle soit, elle n'eſt plus Lettre, mais grimace, ou choſe si meſchante qu'on ne lui sçauroit bailler aſſez compétent nom, qui ne vouldroit dire que ce fuſt ung monſtre* ».

COMMENT GARAMONT
travailla toute sa vie à graver de belles lettres italiques, latines & grecques.

Chapitre II

C Laude Garamont, nous dit une note marginale d'Antoine Vitré, a fini dans la dernière misère ; « mais il est vrai qu'il a esté mis au rang des hommes illustres, et qu'il a esté récompensé de quantité de beaux éloges après sa mort » ! Sa vie assez obscure en effet ne fut illuminée que par l'éclat de ses œuvres. Quels furent ses maîtres, où fit-il son apprentissage ? La tradition, qui souvent ne dédaigne pas une légende jolie, le fait élève de Geoffroy Tory & cela semble probable. Ce qui est certain, c'est qu'il débuta par graver des caractères romains, puis il grava des caractères italiques à la mode d'Alde Manuce, et couronna sa carrière par les caractères grecs du roi François I.

Il fut marié, dit La Caille, avec Guillemette Gaultier, qui serait fille de Pierre Gaultier. Ce Pierre Gaultier demeurait rue Saint-Jacques entre la rue des Mathurins et le cloître Saint-Benoît, dans la maison que Geoffroy Tory avait précédemment décorée de sa fameuse enseigne du « Pot Cassé »; c'était un fondeur de lettres d'imprime-

rie dont la femme, Richarde Nicolas, fille de Robert Nicolas, maître-passeur d'eau ès-ports de Paris,
avait eu la petite dot que voici :

. Dot de la future : 50 l. t., trois robes, trois cottes, trois chaperons, une
couche de menuiserie, un lit, des courtines, trois custodes, douze draps de
chanvre, une douzaine et demie de serviettes, six nappes, un banc, une table
et deux tréteaux, un coffre, un dressoir, une chaise à coffret, deux chenêts,
une crémaillère, un gril, « & tous
autres menus meſnages qu'il convient
pour ameſnager une chambre en l'eſtat
deſdites parties ».

Garamont le choisit comme imprimeur et se l'associa lorsqu'il débuta dans la librairie, car Garamont fut libraire, ou mieux essaya

b

de l'être. Les bibliographes ne lui attribuent généralement que deux éditions auxquelles il faut en ajouter une troisième. Le premier ouvrage, portant le nom de Garamont et de Pierre Gaultier, est intitulé : *Pia et religiosa meditatio in sanctam Jesu Christi crucem & ejus vulnera... Omnia auctore Davido Cambellano Parisiensis quandam ecclesiæ Decano religiosissimo*. Il est catalogué à la Bibliothèque Nationale et fut signalé par M. Omont à cause de l'importance de sa préface dont la traduction est donnée plus loin. Il est daté de 1545.

Il est un autre ouvrage que je n'ai vu signaler nulle part comme étant de Garamont ; La Caille le

Bull. Soc. Hist. Paris 1888

mentionne à Pierre Gaultier. Il est oublié au catalogue de la Bibliothèque Nationale. Je l'ai trouvé dans la même reliure que le précédent, il porte les noms de Pierre Gaultier comme imprimeur, et de Jehan Barbé et Claude Garamont comme libraires; il est également daté de 1545. En voici le titre : *Iuvenci Hispani presbiteri historia evangelica, versu Heroico descripta. Claruit sub Constantino magno, anno domini* CCC.XXX.

Le troisième volume est moins rare, c'est « l'*Histoire des successeurs de Alexandre le Grand, extraicte de Diodore de Sicile & quelque peu de vies escriptes par Plutharque, translatée par Messire Claude de Seyssel, confeiller & maiftre des requeftes du roy Loys, roy de France, douziesme de ce nom ». Imprimé à Paris par Pierre Gaultier pour Jehan Barbé et) Claude Garamont.* — Il porte la marque de Jehan Barbé. Un exemplaire de ce livre est à l'Arsenal. Il est entièrement composé en italique. Les deux autres volumes le sont aussi en majeure partie, mais il s'y trouve plusieurs pages de beaux caractères romains et même une sorte d'italique très différente au verso du folio 66 de la *Passio domini.*

La préface écrite en latin par Garamont en tête de sa première édition fournit des renseignements précieux pour sa biographie. Je vais en donner la traduction. Mais d'abord il est bon de se souvenir que l'auteur de cet ouvrage est David Chambellan, qui fut bon époux et bon avocat avant de devenir bon chanoine de Notre-Dame; sa fille, Madeleine Chambellan, fut mariée à Mathieu de Longuejoue, autre célèbre avocat et conseiller au Parlement qui, devenu veuf en 1516, suivit fidèlement les traditions de la famille et, étant entré dans les ordres, devint évêque de Soissons. Jean de Gagny, dont parle Garamont, était grand aumônier du roi, il fut recteur (1531) et chancelier de l'Université de 1546 à 1549.

AU RÉVÉREND PÈRE

et Seigneur en Chriſt, Mathieu de Longuejoue, évêque de Soiſſons, Claude Garamont, typographe, salut.

O Révérend Père en Christ, tu peux t'étonner à juſte raison et auſſi ceux qui ne me connaisſent pas que je t'offre et te dédie ces prémices de mon officine de librairie, à toi que je ne connaiſſais pas hier. C'est Jean de Gagny, premier aumônier du Roi très chrétien, homme de grand mérite de la République des lettres par ses notes sur les saintes écritures et le souci qu'il a de mettre au jour les monuments des hommes savants et pieux, qui m'a conseillé de l'oser. Je n'en dis pas davantage, j'ai peur que mes hommages paraissent s'adresser moins à son mérite qu'à ce que je lui dois. Il avait jugé que je pourrais apporter quelque ornement à l'art de la librairie par ma science de la gravure et de la fonderie à laquelle je m'applique depuis que je ne suis plus un tout petit enfant ; d'ailleurs je retirais vraiment peu de profit de mon travail habituel. Il exhorta de toute sa bienveillance des hommes habiles pour que moi qui avais l'habitude de sculpter et) de fondre les types de lettres, je pusse un peu recueillir les fruits de mon travail et m'approcher de l'art libraire ; car ceux qui savent seulement tailler les

lettres ne progressent guère, et cer-
tainement ne font pas autre chose ; ils
construisent le nid des libraires, ils
leur apportent leur miel. Mais moi
comme je lui remontrais combien l'art
qui m'est familier est une petite chose
menue, auprès de tout ce qu'il me
faudrait affronter, alors il me promit
de m'aider, & de ne pas m'épargner
ses conseils dans le choix des bons livres. Il me disait que j'aurais de gran-
des chances de succès, si je pouvais
imiter l'italique d'Alde Manuce,
d'une façon nouvelle, et) il ajoutait
en outre pour me déterminer un don
qui n'était pas une libéralité mesquine.
Alors pourquoi hésiter encore, poussé
que j'étais par les conseils et les ex-
hortations d'un ami si généreux ?

C'est la raison de mes types de lettres se rapprochant des Aldines, d'autres les jugeront avec plaisir, & déja le jugement des seigneurs Danès et Vatable ne leur fut pas défavorable. Non content de celà je me suis efforcé de graver d'autres types de même proportion et) de même forme plus petits (en termes techniques nous les appelons glosse). Ceux-ci aussi parurent au seigneur Jean de Gagny élégants et très purs ; alors il me confia qu'il avait un opuscule vraiment érudit & dévot de David Chambellan, son beau-père, qui fut dans la première partie de sa vie l'un des meilleurs et des plus fameux avocats, puis après la mort de son épouse, l'un des chanoines les plus religieux de l'église *de Paris. Il parut convenable au seigneur de Gagny, que cet opuscule put se trouver entre les mains de tous les chrétiens principalement en ce temps de carême...... Et moi j'ai aussitôt pensé que c'était à toi, le gendre d'un si grand homme, qu'il fallait dédier cet opuscule. Accepte donc ces prémices de notre officine, que nous avons voulu sortir sous ton nom...... A Paris, en l'année du Seigneur 1545, le 18 Février.*

La communauté des libraires faisait partie de la confrérie dédiée à Saint Jean l'Évangéliste dépendant de l'église Saint André-des-Arts; elle était réglementée, mais la profession de graveur de caractères semble n'avoir jamais été organisée.

D'après les fiches du Comte de Laborde, qui se trouvent à la bibliothèque d'Art et d'Archéologie, les registres de Saint André-des-Arts (n° 1) mentionnaient : *Le 9 décembre 1543 fut baptisé François, fils de Pierre Gaultier, imprimeur, et) de Richarde Nicolas, sa femme. Les parrains, maître François de Graveron et Claude Garamont.*

Également à la même source (registre de Saint Merry n° 2) : *Lundi 28 janvier 1548 (vieux style), fut né un fils à 11 heures du soir & baptisé le jour séquent à 11 heures du matin, de Eustache Le Conte, peintre, et de Marguerite, sa femme. Les parrains, Françoys Clouet, peintre du roy et Claude Garamont, tail-*

*leur de lettres caractères pour le roi.
La marraine, Jehanne Lecomte, femme de Pierre Bertheran, tailleur de
pierre.*

Cette pièce où voisinent les noms de deux grands artistes donne à Garamont un titre officiel. A cette époque en effet il avait été chargé de graver les caractères grecs qui, dans la suite, servirent aux éditions de Robert Estienne. Voici une pièce de la bibliothèque du Louvre, publiée par M. Leroux de Lincy.

1ᵉʳ Octobre 1541.

Françoys, par la grâce de Dieu, roy de France, à noſtre amé ǝꞇ féal conſeiller et tréſorier de noſtre eſpargne, maiſtre Jehan Duval, salut ꞔꞅ dileɛtion. Nous

voulons et vous mandons que, des deniers
de noſtre eſpargne, vous paiez, baillez et
délivrez comptant à noſtre cher & bien
amé Robert Eſtienne, noſtre imprimeur,
demeurant à Paris, la somme de deux cent
vingt-cinq livres tournois que lui avons
ordonnée, ordonnons par ces préſentes et
vouloir eſtre par vous miſe en ses mains,
pour icelle délivrer à Claude Garamont,
tailleur et) fondeur de lettres, aussi demeurant audit Paris, sur et en déduction
du paiement des poinçons de lettres Grecques qu'il a entrepris & promis tailler
et mettre es-mains dudit Eſtienne à meſme
qu'il les fera pour servir à imprimer livres
en grec pour mettre en noz librayrie ; et
par rapportant es-dicte préſente signée de
noſtre main, avec quictance sur ce suffi-
ſante dudit Robert Eſtienne. Seulement
nous voulons ladite somme de II^c XXV
livres eſtre paſſée et allouée en la deſpenſe
de vos comptes, & rabaptue de voſtre re-
cepte, et de noſtre dicte eſpargne par nos

amez et féaulx les gens de nos comptes, auxquels nous mandons ainſi le faire sans aucune difficulté, et sans ce que de la dé-livrance que ledit Eſtienne aura faicte d'icelle somme audit tailleur, ne de la taille fourniture ↄ valleur deſdits poinçons, vous soiez tenu de faire autrement apa-roir, ne en rapporter autre certification, ne enseignement dont nous avons relevés et relevons de grâce eſpéciale par cesdic-tes préſentes, car tel eſt noſtre plaiſir, no-nobſtant quelzconques ordonnances, res-trictions, mandements ou différences à ce contraires.

Donné à Bourg-en-Bresse, le premier jour d'Octobre, l'an de grâce mil cinq cent quarante ↄ ung, de noſtre règne le vingt-septième.

FRANÇOYS.
Par le Roy : BAYARD.

Garamont grava trois corps de caractères grecs pour le roi : un gros romain, un cicéro, un gros parangon. Une tradition prétend que ces caractères furent dessinés par le calligraphe crétois Ange Vergèce, dont on conserve des manuscrits grecs à la Bibliothèque Nationale. Une autre tradition les fait dessiner par le fils de Robert Estienne, le jeune Henri alors à peine âgé de quinze ans.

D'autres pièces d'archives précisent heureusement un peu la situation sociale & quelques détails de la vie privée encore assez obscure de cet artiste.

D'abord voici un acte où l'on voit qu'il était remarié avec une veuve dont le fils était écolier.

Guillaume Le Fèvre, ancien Lieu-

Arch. Nat.
Y. 96

tenant du guet, bourgeois de Paris, et Jeanne Lescherie, sa femme : donation à Guillaume Prieur, écolier à Paris, fils de feu François Prieur, marchand affineur, & d'Isabeau Le Fèvre, sous la tutelle de Claude Garamont, bourgeois de Paris, second mari de ladite Isabeau, d'une maison à Paris, rue Saint-Denis, près du Cimetière de la Trinité, ayant pour enseigne contre le mur, la Corne de Cerf – 7 avril 1551.

Il était le beau-frère d'un licencié en théologie dont le portrait nous a été conservé dans la chronologie gravée de Léonard Gaultier.

Jacques Le Fèvre, prêtre, licencié en la Faculté de théologie de l'Université de Paris, demeurant au collège

royal de Champagne, dit « de Na-
varre », Claude Garamont, tailleur
de caractères du Roi, et) Isabelle Le
Fèvre, sa femme, demeurant à Paris,
en leurs noms et au nom de Jacques
Le Fèvre, Marchand à Cluny, frère
et sœur, & se portant fort pour
Jeanne Le Chérie, leur mère, veuve
de Guillaume Le Fèvre, sergent du
guet à cheval du Châtelet, de Paris :
donation à Simon Bruslé, commissaire
et examinateur au Châtelet de Paris,
des arrérages d'une rente de 40 livres
tournois, qu'ils lui avaient vendue ce
même jour... 15 novembre 1552.

Le 18 avril 1554 – La veuve de
feu Chrestien Wechel (imprimeur)
est condamnée à restituer à Claude
Garamont (Graveur de lettres d'im-

Arch. Nat.
Y. 98

Arch. Nat.
Y. 5243

primerie) « *l'obligation dont est question… comme sollutée et acquittée* ».

Le 4 mai 1554 – Mariage à l'église Saint-Hilaire de Jean Panier et de Clère Garamonde.

Le 31 août 1557 – Testament de Rollet Breuille (libraire) demeurant rue des Carmes, aux Trois Lionnez ; exécuteurs : Isabeau des Marroys, sa femme, & Claude Garamont (graveur de lettres).

Une note manuscrite de Guillaume Le Bé, célèbre graveur de caractères, né à Troyes, qui fut élève et successeur de Garamont, dit : « *L'an 1551, en esté, ville de Paris, j'ay taillé cefte lettre 9ᶜ (hébraïque) pour le sieur Claude Garamont, tailleur & graveur des lettres grecques*

Arch. Nat.
LL. 757

Arch. Nat.
LL. 757

Bib. Nat.
Rés. Inv-X.
1665

du Roy, et ce après mon retour
d'Italie et de Troyes à Paris ; taillée
en sa maison, rue des Carmes... et
est une lettre fort artistement faicte
et bien limée & polie (sans vantise)
et au contentement de celuy qui en
sçavoit plus que moy ».

Un texte cité par Ernest Coyec-
que, dans son Recueil d'actes no-
tariés relatifs à l'histoire de Paris
et de ses environs au XVIe siècle,
nous montre un client de Garamont : « Jacques Permentier, fondeur de lettres d'imprimerye..., au
clos Brunel, à l'enseigne de la Corne
de Cerf, confesse que... Jacques Re-
gnault... libraire, bourgeois de Paris..., luy a baillé la quantité de six
vingtz six livres de matière à faire

*lettres d'impreſſion, dont le dit Per-
mentier en promett faire cinquante
et quatre mil lettres d'impreſſion, de
la taille de Claude Garamont, du petit romain, &) les rendre faittes…
dedans la sepmaine saincte…» prix :
7 s. t. pour la façon de chaque mil-
lier ; le fondeur a reçu 4 l. 10 s. t.
et touchera le surplus dans la quin-
zaine après Pâques.*

Enfin voici que, par un brevet signé Bugrand et Thuret du 15 septembre 1561, *il appert Claude Garamont, tailleur de caractères du Roy, demeurant à Paris, rue du Mont Saint-Hilaire, & Isabeau Le Fèvre, sa femme, avoir vendu à Pierre de Reims cinq quartiers de vigne en une pièce assise au terroir de Paris, hors la*

*Documents
pour servir.*
Baron Jérô-
me Pichon
et Georges
Vicaire

porte Saint-Anthoine, au lieu dit la Granche aux Merciers, tenant d'une part à... (sic), d'un bout sur le chemin de la Planchette, pour 100 l.t. payés.

Le 18 novembre suivant Claude Garamont était mort ; on faisait l'inventaire de sa fonderie à la requête de sa veuve Isabeau Le Fèvre, et de son exécuteur testamentaire Wechel ; Guillaume Le Bé et Jean Le Sueur, fondeurs, furent chargés de ce soin.

Le portrait de Garamont, nous a été conservé par Léonard Gaultier, qui l'a gravé dans ses : « *Pourtraictz de plusieurs hommes illustres qui ont flory en France depuis l'an 1500, jusques à présent* ». Ce sont de petites vignettes, dans le goût de nos timbres poste. Garamont est classé 140ᵉ sur 144. Il est placé immédiatement après Robert Estienne et Christof. Plantin, avant François Clouet *(dit Janet)*, Anthoine Caron, Germain Pilon et Aulbin Olivier.

Son regard est honnête, son visage est sillonné de muscles puissants, qui donnent principalement à son front une expression soucieuse, sa lèvre inférieure est forte, elle avance sous une moustache tombante, il a le menton rasé et auréolé d'un collier de barbe taillé ou plutôt hérissé en pointe.

Il semble résulter de tout ceci que Claude Garamont fut un de ces artistes consciencieux, dont le travail est la joie. Assez instruit pour être libraire, respectant les langues latine et grecque, il n'a pas l'intelligence inquiète de tant de ses contemporains. Il a des prêtres dans sa famille, il est ami des recteurs de l'Université et des aumoniers du roi très chrétien, et lorsqu'il essaye d'être libraire, sur trois livres il en consacre deux à la dévotion et le troisième bien qu'historique tend à la morale. Ce n'est pas lui que Francois I aurait fait flamber sur la place Maubert. Le bon graveur de lettres est un homme calme, dont les passions ou la boisson ne doivent pas faire trembler la main. Le bruit de la lime et du burin, grattant le poinçon d'acier, sont les encouragements familiers de son esprit anxieux de réussir une œuvre d'art si petite, et dont il ignore la destinée peut-être puissante. Mais nous n'avons vraiment pas assez d'éléments pour tenter de faire sa psychologie. D'ailleurs pourquoi vouloir le juger autrement que sur ses œuvres ?

Dans sa profession il n'a été le premier en rien chronologiquement, mais il a été le premier par le mérite. Il y avait eu des caractères romains et italiques avant qu'il débutât, il y avait eu aussi des impressions grecques, il a la gloire d'avoir surpassé ses prédécesseurs par la perfection de son travail et de n'avoir peut-être pas été surpassé.

Il fut le collaborateur des plus illustres imprimeurs de son époque, Coline, Estienne, Plantin. Il eut le bonheur de former un élève digne de lui en la personne de Guillaume Le Bé. Il fut un petit bourgeois de Paris, ayant une fonderie, et peut-être Vitré a-t-il raison de dire qu'il mourut dans la misère, puisqu'il fut obligé de vendre avant de mourir ses cinq quartiers de vigne. Quel âge avait-il alors ? Si l'on croit Lottin, qui le fait graver dès 1510, il pouvait avoir eu soixante-dix ans.

CE QU'IL *ADVINT DANS*
la suite des travaux de Garamont
et particulièrement jusqu'à
l'époque de la Révolu-
tion Française.

Chapitre III

A Près Garamont, le Ga-
ramont se multiplia.
Les Matrices de Gara-
mont fécondaient les
imprimeries de Paris, de la Pro-
vince et de l'Étranger ; à cette époque, les libraires et les imprimeurs
étaient souvent fondeurs, au lieu
d'acheter des fontes de caractères
ils achetaient des matrices.

Guillaume Le Bé, qui avait

acheté la fonderie de Garamont, en conserva pieusement les poinçons et les transmit comme un héritage précieux à sa dynastie. Ils voulurent en faire un monopole, car en 1 6 1 4 les libraires de Paris ayant eu la prétention de se passer des graveurs et fondeurs, ceux-ci se liguèrent et nous avons les lettres qu'ils écrivaient à leurs confrères de Genève et de Lyon pour les prévenir de se méfier, que les libraires avaient besoin de caractères mais qu'il ne fallait pas leur en procurer, ils préféraient les acheter pour eux-mêmes, et « *en offrir toufiours quelque chofe davantage* » plutôt que de les laisser « *au petit jeune homme blond* » émissaire « *des parties ad-*

verses ». Les membres du trust étaient : Jacques de Sanlecque, Guillaume Le Bé, Jehan Merat. Voici une de ces lettres où Le Bé mentionne le Parangon Romain de Garamont.

Au Sire Sébaſtien Bouillant à Lyon.
Seigneur Bouillant, nous vous avons efcriṭ & avons adreffé la lettre au sieur de Lorme, ie vous prie de le voir & de nous y affiſter, ie vous prie surtout si il se trouve à Lyon des matrices cy def-foubs les vouloir retenir pour nous, quant à l'argent ie mande à mon cou-fin vous le vouloir faire délivrer, faire que celuy qui eſt allé à Lyon n'ait point de ces sortes, si faire se peut.
Petit Canon romain
Gros Parangon ou Palladine
Parangon Romain de Garamont
Mignonne Romaine
Nompareille Romaine.

Bib. Nat.
ms. fr. 22117

Et que celà fuſt de bonne matrice, car des meſchantes il ne s'en faut pas charger, meſme il se trouve quelques bons moules ie serois bien aiſe de les avoir.

Outre cela ie serois bien aise d'avoir du grec de Parangon...... que aucun que vous autres ne sçachent que ie vous aye eſcrit cecy.

Voſtre affectionné serviteur, Le Bé.

Je ne m'occuperai pas ici des caractères grecs gravés pour le roi, qui furent perdus puis retrouvés à la Chambre des Comptes; ils étaient autrefois à l'usage de tous les imprimeurs, mais ils sont maintenant la propriété de l'Imprimerie Nationale qui ne les emploie guère. Leur histoire est assez connue, mais celle des caractères romains, italiques, grecs et hébreux qui furent la propriété personnelle de Garamont l'est un peu moins. Avant de produire les deux lettres de Fournier l'aîné, auxquelles Fournier le jeune fait allusion dans son Manuel, voici une annonce du Mercure de France, Aoust. 1745.

LE SIEUR COTTIN, Libraire à Paris, demeurant rue du Mont-Saint-Hilaire, donne avis qu'il eſt dans le deſſein de vendre son fonds de fonderie de caractères d'Imprimerie ; il consiſte en Poinçons et Matrices de tous les corps ordinaires et extraordinaires, même de Gothiques, Hébreux & Saxons, etc. Le tout gravé par d'anciens et habiles maîtres, Garamont, Granjon, Gauret, Hautin, Matil et Keblin, et il eſt aſſorti des moules et uſtanciles propres et néceſſaires audit art.

Le dit sieur Cottin a aussi un ample magaſin de fontes bien aſſorties, toutes neuves ʁ) prêtes à vendre. On communiquera chez lui un état plus détaillé dudit fonds.

May 1756.

LETTRE DE M. FOURNIER,

l'aîné, graveur & fondeur de caractères
d'imprimerie, à Paris,
rue Saint Jean-de-Beauvais,
à l'auteur du Mercure.

Bib. Nat.
ms. fr. 22117

Monsieur, on a inséré dans le Journal des Sçavans du mois de février dernier, une lettre anonyme au sujet de l'imprimerie. Cette lettre, qui intéresse tous les imprimeurs et toutes les personnes Sçavantes, renferme une erreur importante, que l'honneur de la tipographie françoise et mon état m'engagent de relever.

L'auteur, après avoir comblé d'éloges bien mérités les caractères de Claude Garamont et de Guillaume Le Bé, dit page 217, en parlant de Plantin : « Ce « françois curieux et intelligent, retiré « à Anvers, et l'honneur de l'imprime- « rie flamande, est venu puiser à cette « source les caractères qui, en prouvant « son bon goût, ont fixé sa réputation. « Garamont et Le Bé lui ont fourni les « poinçons et les frappes avec lesquels « il a établi une fonderie célèbre qui « subsiste encore aujourd'hui : ce sont « les caractères hébreux du dernier (Le « Bé) qui ont servi pour sa bible de « 1569, dont l'impression fit tant « d'honneur à Plantin dans le monde « littéraire, et lui valut des récompen- « ses honorables de la part de Phi- « lippe II…, Roy d'Espagne, par l'or- « dre duquel il l'avoit entreprise ».

Il est vray, Monsieur, que Plantin vint puiser à cette source : c'est-à-dire,

d

dans les fonderies de Claude Garamont
et de Guillaume Le Bé, les beaux caractères dont il forma sa fonderie ; mais
ni Garamont ni Le Bé ne lui fourni-
rent point leurs poinçons, comme
l'avance sans aucune preuve l'auteur de
la lettre anonyme. Plantin, après la
mort de Garamont, acheta seulement
des frappes et autres ustensiles de la
fonderie dudit Garamont, mais ce fut
Guillaume Le Bé qui en acheta les poinçons ; ce qui se justifie par l'inventaire,
et la vente que Guillaume Le Bé et Jean
Le Sueur, autre fondeur de caractères,
firent de la fonderie de Garamont après
son décès, le 18 novembre 1561. A la
requête de dame Isabeau Le Fèvre,
veuve de feu sieur Claude Garamont,
en son vivant, graveur de lettres et
maître fondeur à Paris, et de sieur An-
dré Wéchel, marchand libraire, juré au
dit lieu, exécuteurs du testament dudit
défunct.

J'ay entre les mains cet inventaire en
original, et l'on y voit que ce ne fut
point Plantin, mais Guillaume Le Bé,
qui acheta les poinçons et presque
toute la fonderie de Garamont.

Le même Guillaume Le Bé vendit à
Plantin des frappes de matrices de ses
caractères hébreux, mais il en garda les
poinçons : ce qui se justifie première-
ment par l'inventaire de la fonderie de
G. Le Bé, dressé par son fils, dans le-
quel inventaire on lit ces mots page 32,
et en la même boite (où est l'hébreu en
canon) est l'hébreu parangon : il est
gros comme celui de la bible in-4° de
Robert Estienne : et celui-ci est celui
de la grande bible de Plantin, mon
père lui en ayant vendu une frappe. La
bible de M. Le Jay en est imprimée,
cette frappe-cy est garnie de points et
d'accens... les poinçons sont céans.

On voit par cet inventaire dont je
suis possesseur, que les poinçons des

caractères hébreux qui servirent à imprimer la bible de Plantin, ne furent point vendus à Plantin, mais qu'ils passèrent au fils de Guillaume Le Bé, aussy bien que presque tout le fonds de Garamont. J'ay acheté en 1731 cette célèbre fonderie de G. Le Bé, dans laquelle il se trouve huit sortes de caractères, tant hébreux que rabiniques, et un arabe avec leurs poinçons, dont ceux qui ont servi à la bible de Plantin font partie.

Il est donc constant que G. Le Bé garda ses poinçons, ainsi que ceux des romains de Garamont, les italiques et les grecs de Grandjon, autre célèbre graveur, émule de Garamont, duquel l'auteur de la lettre anonyme dit, que les beaux caractères se sont répandus partout, et ont servi à exécuter presque toutes les belles éditions grecques qui se sont faites depuis, et que les plus célèbres fonderies de l'Europe en possèdent encore aujourd'hui les frappes ou matrices.

Ainsy, de l'aveu de l'auteur, ce sont les plus célèbres fonderies qui possèdent ces frappes ou matrices, dont Le Bé a recueilli de plus les poinçons dans sa fonderie, de laquelle je suis possesseur depuis 1731.

Ce même Le Bé, élève de Garamont, s'est appliqué à graver ce que son maître n'avoit pas fait, savoir des caractères hébreux, rabiniques et arabes, une grosse nompareille, un double canon, un gros canon, un gros parangon, (le premier qui a été gravé) un cicéro moyen, des notes de plain chant, etc. Tous ces poinçons de Garamont, de Le Bé et de Grandjon, en particulier, le grec et le petit romain de Grandjon, le plus beau qui ait jamais été fait, selon Le Bé: ne sont jamais sortis de la fonderie de Le Bé: ils étoient trop curieux et trop bons citoyens pour priver leur

patrie d'un bien qu'il seroit maintenant très difficile de remplacer : car on
a eu beau graver depuis ces célèbres
artistes, on n'est pas encore parvenu à
atteindre leurs romains, et on n'a pas
tenté de graver des grecs. Comme ce
n'est point au hasard que j'écris, et
que j'ai preuve en main, puisque je suis
possesseur de la fonderie de Garamont,
des Le Bé et de Grandjon, j'offre aux
personnes curieuses du vrai beau, de
leur faire voir mes poinçons et mes
matrices : et l'offre que je fais de mon-
trer les poinçons de ces habiles maîtres,
fournira la preuve que j'avance : car en
les comparant avec ceux de nos jours,
il sera aisé de voir la supériorité du travail des premiers, dont les fontes se
soutiennent plus longtemps, et font
plus d'honneur et de profit à l'imprimeur : ce sont ces mêmes caractères qui
ont illustré les Estienne, les Plantin,
les Elzévir et autres célèbres impri-

meurs, dont on recherche encore les éditions. Il est étonnant qu'une infinité de mauvais caractères, qui ont inondé notre typographie, semblent avoir fait oublier ceux-cy : je ne dis pas cecy de tous les imprimeurs, il en est plusieurs qui leur rendent la justice qu'ils méritent, mais d'autres se laissent entraîner par le torrent. Je pourrois citer de mes fontes qui travaillent encore quoique livrées depuis nombre d'années, entre autres une gaillarde, un petit texte et cicéro. Je n'ai envie de décrier aucun de mes confrères, mais l'erreur de la lettre anonyme m'a fourni l'occasion de faire connaître la fonderie la plus complette qui soit en France et dont je suis possesseur.

J'ay l'honneur d'être.....

Fournier, l'aîné.

SECONDE LETTRE DE
M. Fournier l'aîné, graveur et fondeur de caractères d'Imprimerie à Paris, rue Saint-Jean-de-Beauvais, à l'auteur du Mercure.

Monſieur, en publiant la lettre que j'ai eu l'honneur de vous adreſſer, et) que vous avez bien voulu inſérer dans votre Mercure du mois de mai d. page 121, je n'ai eu d'autre vue..... que de détromper le public d'un préjugé général ; car il eſt conſtant, & l'auteur anonime en conviendra, que les plus belles éditions qui ont paru juſqu'ici en François, en latin, en grec, en hébreu, ont été exécutées avec les caractères de ces célèbres graveurs, Garamont, Grandjon et Le Bé. Ce sont les caractères de ces fameux artiſtes qui ont fait la base & le fondement de toutes les belles éditions, quels que soient le goût, l'habileté *et)* les talens des plus célèbres imprimeurs, ils n'ont jamais pu faire une belle édition sans avoir de beaux caractères, c'est donc aux Garamont, aux Grandjon et aux Le Bé, que la gloire des belles éditions doit être principalement attribuée. Or, n'est-il pas important de faire connoitre au public que les caractères de ces célèbres graveurs existent encore à Paris dans ma fonderie & que les imprimeurs peuvent égaler, et même surpasser toutes les éditions qui ont précédé, puisqu'ils ont les mêmes secours qu'avaient leurs prédécesseurs, et de plus ceux que l'on y a ajouté dans la suite : il est avantageux pour le public que les savans sçachent où se trouvent les caractères des habiles graveurs Garamont, Grandjon & Le Bé afin qu'ils puissent obliger les imprimeurs de s'en servir.....

... Et afin de terminer une bonne fois toute cette dispute, je mets ici les poinçons, les frappes et matrices de ces célèbres ar-

tiſtes, dont je suis poſſeſſeur, afin que les Imprimeurs et) les ſavans puiſſent y avoir recours, lorſqu'animés de zèle du bien public, ils déſireront donner de belles éditions.

De Garamont, le Petit Texte, le Petit Romain, Cicéro, Saint Augustin, Gros Romain, Petit Parangon & Gros Canon, Romain, etc.

..... *Fournier l'aîné.*

La collection Annisson-Duperron a conservé quelques spécimens des fontes de Fournier l'aîné : petit romain de Garamont, cicéro de Garamont, petit texte, nompareille, mignonne de Garamont, gros romain, romain de Garamont, Saint Augustin de Garamont et le petit texte de Garamont qui a servi à Elzévir.

On trouve aussi dans la même
collection un spécimen de *neue
Garmont Antiqua*.

En 1761, le sieur Gando le jeune, graveur et fondeur de caractères d'imprimerie eut un procès
avec l'imprimeur Grangé à qui il
avait vendu sa fonderie. Dans leur
querelle, ils font allusion à des
lettres de publicité où le Sr Grangé
annonça qu'ils avaient en leur pos-
session, entre autres choses, des
caractères de Garamont. C'est ce
Grando qui répondait à Fournier
le jeune, l'accusant de plagiat, je
puis bien vous plagier vous avez
plagié votre frère ! Peut-être ces
caractères de Garamont n'étaient-
ils même pas faits avec les matrices

originales, mais par le moyen d'habiles reproductions.

Le 9 avril 1787, on vendait, après décès, la fonderie du sieur Jean-François Fournier, fils de Jean-Pierre Fournier l'aîné ; l'acquéreur du fonds de commerce fut Antoine-François Momoro, gendre de Jean-François dont il avait épousé la fille. Toutes les matrices, poinçons, moules et ustensiles servant à la fonderie lui furent adjugés pour 2.400 livres. Si Momoro avait continué à s'occuper de typographie peut-être aurions nous encore la célèbre fonderie de Garamont, mais on sait que Momoro devint l'un des plus fervents Hébertistes et que sa femme assez jolie symbolisait la déesse Raison à Saint-Sulpice ; il fut guillotiné en 1794.

Le 24 Vendémiaire de l'an 3ᵉ de la République Française, une & indivisible, la veuve Momoro fait réclamer à la Commission des Revenus Nationaux « *qu'il lui soit fait remise des Presses provenantes de son mari, en payement des créances qu'elle prétend avoir à exercer contre sa succession* ». M. Lebureau répond : « *Quel que soit l'intérêt que nous inspire la situation fâcheuse de la veuve Momoro et le désir que nous avons de la faire cesser, nous ne pouvons faire droit à sa réclamation… La Loi lui trace la marche qu'elle doit suivre. C'est à elle de s'y conformer,*

Arch. Nat. F¹ 4774⁴⁸

et par ses diligences d'accélérer le moment où elle pourra rentrer dans la jouissance de sa propriété »…

En 1840, l'imprimeur Eugène Duverger montrait sur une planche de son histoire de l'invention de l'Imprimerie par les monuments, un moule et un poinçon de Garamont qui lui appartenaient. D'autre part, la Bibliothèque Nationale possède un des manuscrits de Guillaume Le Bé, qui était dans les archives de Fournier; il est donc probable que les ruines de cette glorieuse fonderie sont dispersées, et peut-être les poinçons de Garamont ont-ils fini par être utilisés sous l'empire, en guise de clous dans les murs.

NÉCESSITÉ POUR LES

*imprimeurs de reprendre la tra-
dition des célèbres types
de Garamont.*

Chapitre IV

D Epuis l'époque de la Révolution Française, Garamont est devenu un homme légendaire, un de ces demi-dieux qu'on adore par atavisme et d'autant mieux qu'on les connaît moins. En Angleterre et en Allemagne, où les caractères de Garamont eurent jadis beaucoup de succès, on a conservé son nom pour désigner certains corps de texte courant.

A. Didot, soutint une polémique pour lui faire attribuer la gravure des types elzéviriens; depuis on a su qu'il sont de Christophe Van Dyck. Enfin Garamont s'est presque transformé en monopole d'État, voici l'histoire. L'Imprimerie Nationale possédait quelques corps de caractères connus sous le nom de *caractères de l'Université*. Comme ils étaient vraisemblablement du XVIme siècle, et parce que Garamont avait gravé les types grecs du roi, il était logique, puisqu'il faut signer un tableau avant d'en connaître la valeur, il était très logique de les attribuer à Garamont. Duprat, dans son histoire de l'Imprimerie Impériale, affirma sans hésitation et donna quelques détails. Auguste Bernard un peu moins affirmatif, se contenta de les attribuer à Garamont mais en paraissant ne pas en douter. Claudin, trop critique, se contenta de mentionner l'attribution. Enfin, Arthur Christian, d'après des documents vraisemblablement inédits, à moins que le tableau placé à la fin de l'ouvrage de Duprat ait été pour lui une suffisante preuve, a fixé d'une façon précise la date de la gravure de ces caractères à 1540; toutefois, il ne dit pas si ce fut *en hyver ou en esté*. Non content, il fit graver les corps qui manquaient pour avoir une série honorable; & le succès de la nouvelle gravure éclipsa d'autres alphabets authenthiques. Ainsi rhabillé à neuf et restauré, ce caractère attend son historien, a-t-il vraiment ses lettres de noblesse ; je n'ai pas eu le loisir de l'étudier, je ne le jugerai donc pas.

Mais, ayant terminé les recherches historiques, je ne veux pas quitter l'Imprimerie Nationale sans avoir examiné pendant quelques secondes la page 118 de l'ouvrage de Christian sur l'Imprimerie Nationale (1904). Cette page se divise en deux parties : la moitié supérieure est un exemple de grec de Garamont, l'autre moitié est un grec ordinaire gravé en 1845, par Ramé père. Le grec de Garamont est léger, l'autre est lourd comme un paysan de Béotie. Le grec de Garamont a la fantaisie élégante des formes, fantaisie ingénieuse et modérée, chaque lettre a sa personnalité, et de l'ensemble se dégage l'impression qu'il sort de la main d'un artiste lettré, d'un humaniste.

L'autre est gras, et sans émotion; il est pédant, dogmatique, prétentieux, c'est une écriture de gratte-papier en manchettes noires, de sergent-fourrier qui commande aux pleins et aux déliés; il est géométrique comme un Didot. Comparez les formes de chaque lettre, celles du bas ont toujours un aspect de caricature. Et cependant les caractères de Garamont dans le spécimen que j'ai sous les yeux sont mal fondus et mal imprimés, certaines lettres n'ont pas les jambages complets, certaines autres sont trop encrées et font un trou dans la ligne. J'ai choisi la comparaison de ces deux types parce qu'elle est le symbole de l'état actuel de notre mentalité typographique par rapport à la mentalité de la Renaissance. A force de diviser et de subdiviser les petits carrés dont les dessinateurs se servent pour établir le modèle de leurs lettres, nous avons enlevé à nos types tout caractère humain, et malgré cela ce sont des caractères qui n'ont rien non plus de la vérité géométrique dont l'importance est d'ailleurs ici secondaire puisqu'il s'agit, avant tout, de représenter le langage. Le schéma d'une lettre doit être invariable, son organisme doit être bien établi, ensuite il peut y avoir autant de caractères qu'il y a d'états d'âmes, autant que de différences naturelles de l'écriture.

Jean PAILLARD.

Achevé d'imprimer

par

Maurice Ollière & Cie

1914

www.ingramcontent.com/pod-product-compliance
Lightning Source LLC
Chambersburg PA
CBHW051612060726
47597CB00004B/1245